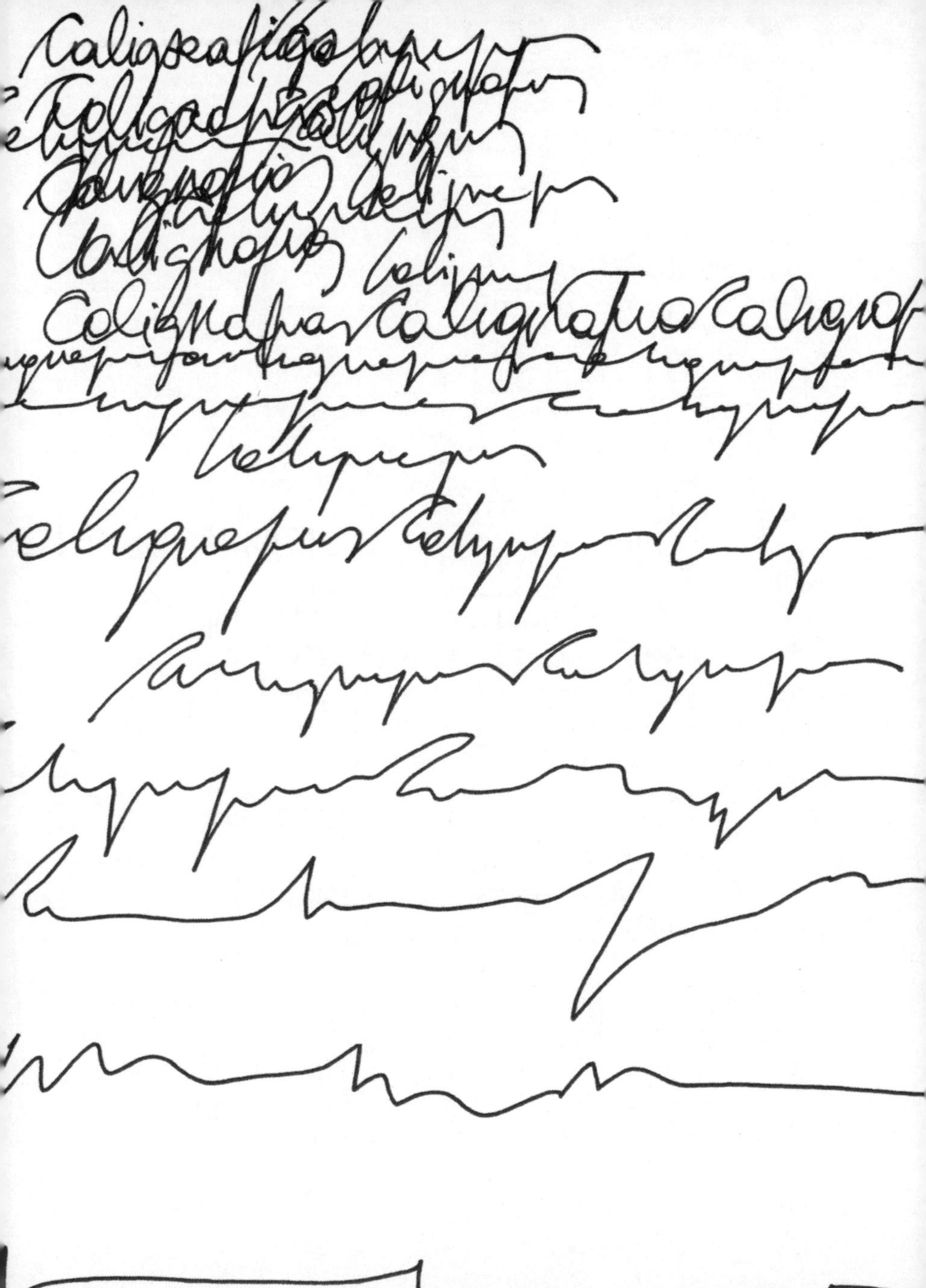

CALIGRAFIAS

NATALIA BARROS

1ª edição

Caligrafias

Coordenação editorial – May Parreira e Ferreira
Capa e projeto gráfico – Natália Tudrey (Balão Editorial)
Revisão – Flávia Yacubian (Balão Editorial)

Dados Internacionais de Catalogação na Publicação (CIP)
(Câmara Brasileira do Livro, SP, Brasil)

Barros, Natalia

Caligrafias / Natalia Barros . -- São Paulo :
Ofício das Palavras Editora, 2012.
ISBN 978-85-60728-33-6

1. Poesia brasileira I. Título.

12-06358 CDD-869.91

Índices para catálogo sistemático
1. Poesia : Literatura brasileira 869.91

"Projeto realizado com o apoio do Governo do Estado de São Paulo, Secretaria de Estado da Cultura – Programa de Ação Cultural – 2011"

Ofício das palavras editora estúdio literário

R. Capote Valente, 1232 – Sumaré
05409-003 – São Paulo – SP
Tel.: 55 11 3473-7674
www.oficiodaspalavras.com.br
contato@oficiodaspalavras.com.br

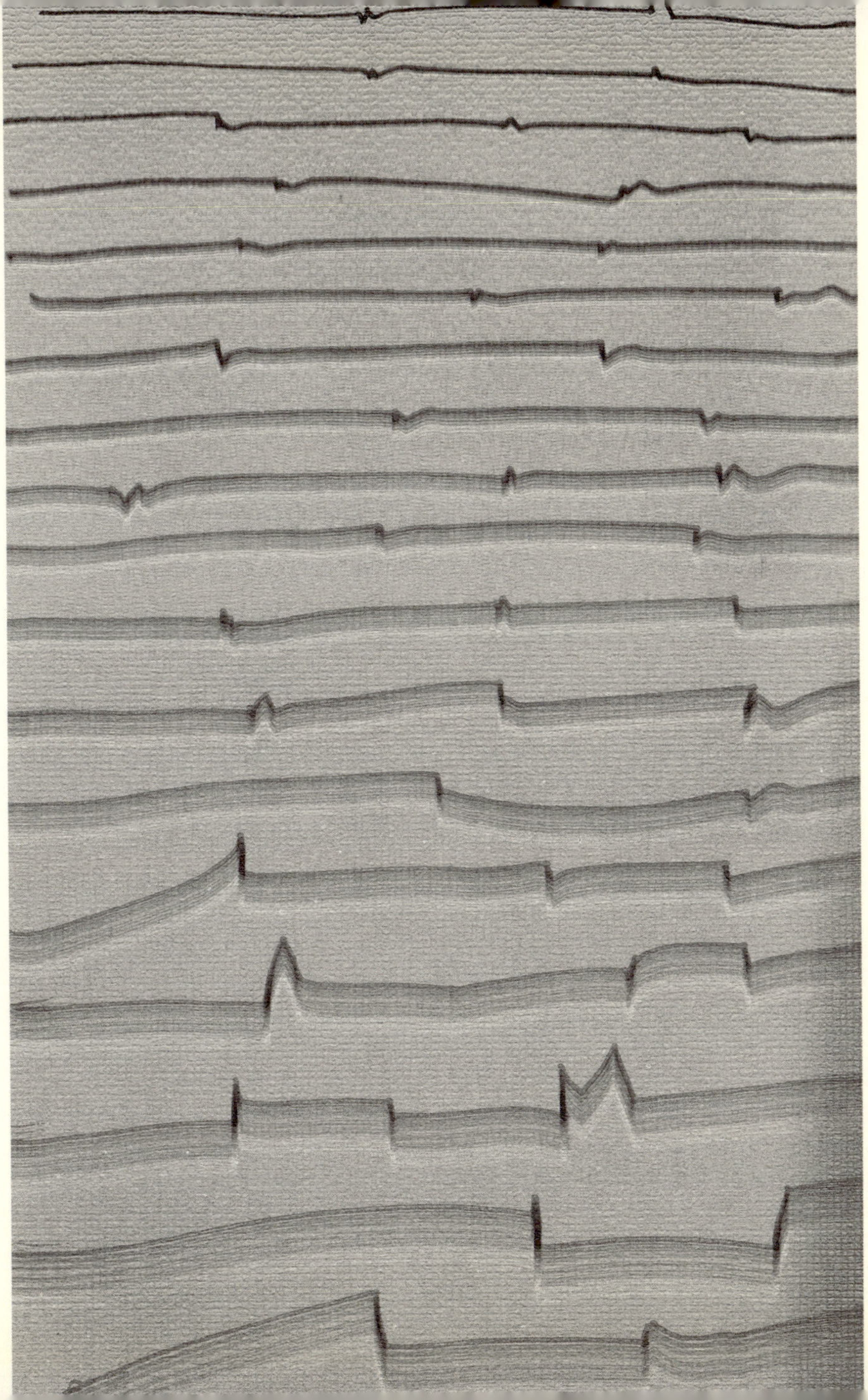

UM ATO

a poesia é o pulo do gato

sem o pulo

sem o gato

BIO-GRAFIA

tem dias que só mar adentro

acredito em vida antes da morte

soa como soul

not sad but blues

incendiariamente

crio coragens

procuro palavras enquanto me deslivro delas

modulo entre o ultravioleta e o infravermelho

recebo o afeto que se encerra

estaria morta se não renascesse

enmimesmada com a chuva

lusco-fusco

quando estou comigo sinto saudades do mar

IN PETTO

não estou nem sã nem salva
sou alvo sou rubra sou negra
com você fico pendular
confundo os vícios
piso em falso no precipício
inverto a terra e o céu
verto águas límpidas e turvas
escapo do cadafalso
feliz-para-sempre no início
fundo uma nova religião
onde o altar é meu ventre
nas minhas orações digo: entre
nas minhas relíquias
guardo saudades
e entoando um mantra sagrado
te aguardo

perde-se

a palavra

perde-se

qwertyuiop´[

asdfghjklç~]

zxcvbnm,.;/

a graça

Sentir faz sentido. Parece estranho lembrar esquecimentos –
coisas sem importâncias ocupam o lugar de nuvens.
Hoje, o pássaro mais azul pousou na pétala mais amarela.
A paisagem destila o ouro celeste, como se maltratar o coração
de existências trouxesse vida ao que se nega.
No céu, a constelação de escorpião encarna precisamente,
com seus triângulos e sua longa cauda. Serpenteia pela via láctea,
cadencia o cotidiano, somente o durante, antes do depois.

Somente o dia, somente este dia.

TRINDADE

alimento-me

como um deus: do presente

como um homem: do significado

como um bicho: da carne

ar

risco

FRENTE A FRENTE

o jogo se apresenta

[intimamente]

as possibilidades são raras

com nitidez

– noites negras e dias claros –

o perfume queima

[de dentro para fora]

defumando a casa

uma combustão que tudo deflagra:

o tempo amoroso se instala.

FUNDAMENTAL

aprendo com o jardim
ainda mais
com a invenção do jardim

quero o que se tornou
– necessariamente –
não vinha ao caso e veio

flor impressionista
flor intacta
flor inesperada

cansei do inabitado
da brutalidade obscura
do não reconhecer

cada vez mais: indignada

cada vez mais: romântica

cada vez mais: o êxtase perfura

cada vez mais: a realidade dura

Resolvi. Vou largar o osso. Não sou cachorro, não,
apenas já roí as tripas do coração.
Alface também tem coração, sabia? Bom de comer.
Hoje, com esse sol, só me assombro, mesmo que não devesse.
Não sorrio e estou sendo filmada. Faz mal, não, nem faz direito.
A minha mão está mandando no meu cerebelo.
Leio constantemente jornais velhos, não dou conta do ritmo alheio.
Dou conta do meu quando posso – mas nem sempre é bom poder.
Minha cabeça carrega cabelos que caem todo dia,
crescem todo dia. O corpo é de grande movimento.
Pura combustão solar. É verão, quem puder, aguente,
ou na melhor das hipóteses, goste.

sigo por matas ciliares

por onde quer que eu vá

levo comigo

a bagagem do que invento

corações ao alto

repartidos

transfundem-se

aspirando

ao verdadeiramente trágico

o dia inteiro claro
o labirinto submerso
o lampejo do instante

terra fazendo barro

homem ao mar amante
olhos nas constelações alternantes
astrolábio imanente

EXATA

o corpo incorpora
a alma incorpora

sentidos expostos
opostos lado a lado

interconversíveis prazeres

energia é matéria condensada

todo nome é próprio
todo amor se apropria

no princípio: o verbo

no precipício: o silêncio

A CONFIRMAÇÃO

Raios ininterruptos anunciaram sem som,
só clarão, a tempestade.
Mãe, onde se escondem os esquilos
quando fica assim?
Quase rezo em suspensão.
Oh, céus! Encanta-me, no meio do caos, essa luz –
nunca antes vista – branca, amarela, azul, verde, estroboscópica.
Muito tempo de desenhos radiculares no negro do céu.
Lampejos. Trovões caminham.
São Pedro arrasta os móveis.
A mata permanece imóvel.
Silêncio animal.
Muita chuva. Muita chuva. Muita chuva.
Granizo. Vendaval.
As árvores de madeira mais dura,
inflexíveis, estalam.
Caem as pesadas de frutos.
Não deveríamos estar assim expostos aos riscos.
Iludo-me.
O coração peregrina pelo corpo.
Passado o temporal, entre nuvens rápidas, brilha a lua,
na noite mais limpa do que nunca, parece alguém que ri.

A dama-da-noite, sem escrúpulos,
segue inebriando o pomar.
Apaziguado, o dia clareia. Inspeciono os estragos.
Carrego galhos, troncos e feixes de gravetos com as mãos.
A força dos braços tem função, ordem, embelezamento.
As formigas aproveitam para avisar que esta trégua
não é o paraíso, picam doído:
– Pensa o quê?
Gosto de trabalhar insistindo no amor que amo.
Nem sei, se não fosse óbvio, como seria.
Sem construir, reformar, fazer, refazer.
Aproveito para podar uma árvore que disfarçadamente
cresce amotinada no canteiro das íris.
Cuido do jardim, procuro o sentido.
Sigo o chamado do sim.

não são como aços
pessoas são
pássaros
pétalas
setas
matas

não são como caixas
pessoas são
peixes
barcos
mapas
arcos

pessoas querem ser a sua natureza

ultrapássaros

ultra

mar

ultra

violeta

ultra

som

ultra

leve

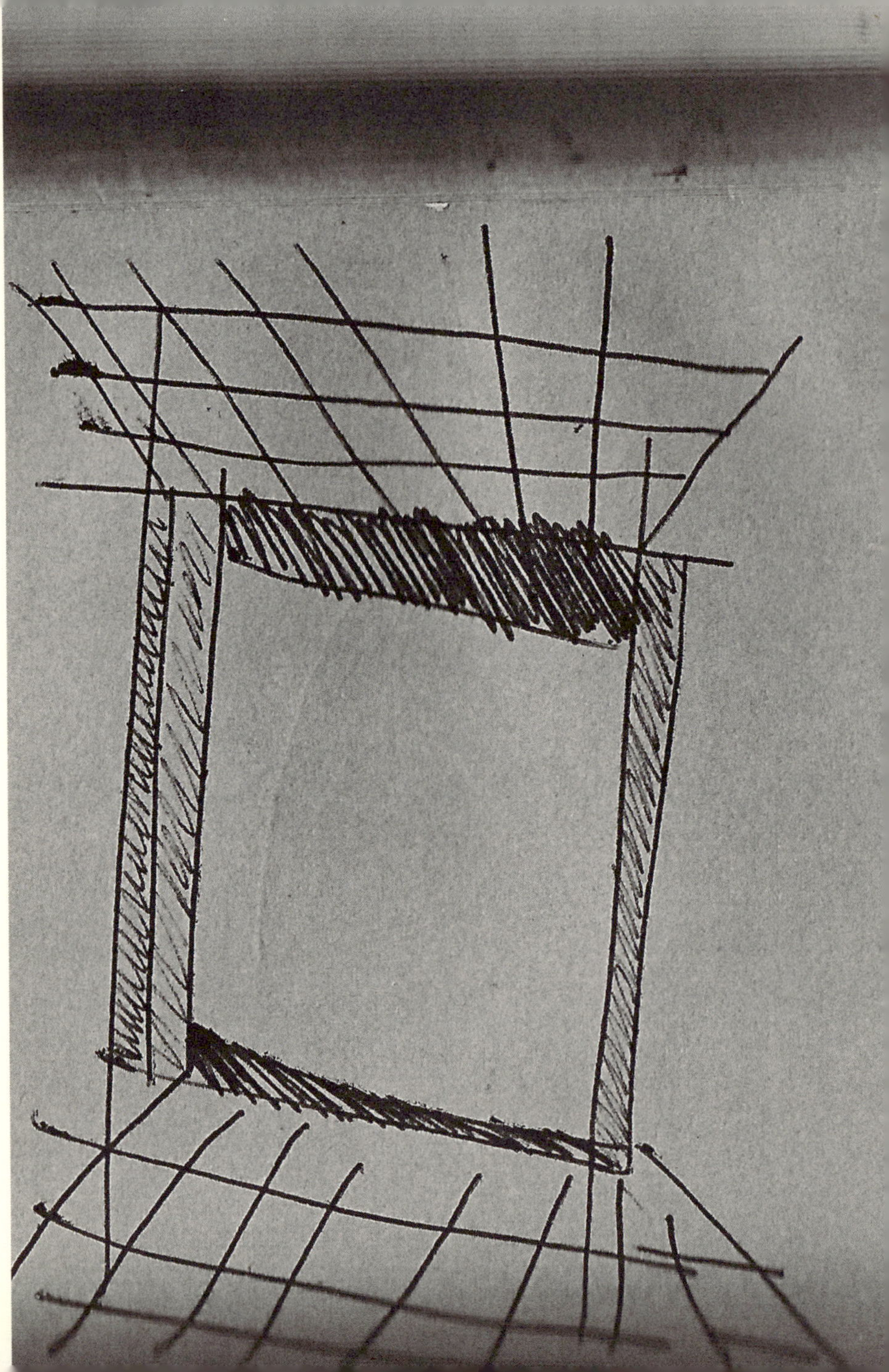

LEPIDÓPTERA

Sirvo para nada alguns dias, mas, mesmo
nesses dias, estou encarregada de salvar vidas.
Especializei-me em ouvir o chamado de insetos,
preferencialmente de borboletas.
Erráticas na janela, imaginam na vidraça
múltiplas possibilidades sem saídas.
Asa mole em vidro duro tanto bate até que morre.
Se não sou eu.
Se não sou eu, senão eu,
a iludida.

costura

Linha na agulha

OFERTA DO DIA

Na bandeja de prata, estrelas ocultam-se
sob a incendiária lua cheia.
Esse breve instante de plenilúnio,
que a ti oferto, num movimento elíptico,
logo se desinventa decrescendo.
Costuro a via láctea com a fina agulha
do presente e linhas espessas de eternidade.
Bordo no firmamento novas
constelações forjadas de luz e breu.

INSUBMISSÃO

as coisas
dentro
das coisas

emergentes
inconfidentes

as coisas
vibram
as coisas

côncavas
líquidas

as coisas
entre
as coisas

invisíveis
existentes

as coisas
memoram
as coisas

encarnadas
evidentes

as coisas engendram as coisas

as coisas expõem
as coisas impõem

a invenção de tudo

(e)

a saudade do todo

não sei se eu falo
ou se me disfarço
não sei se me perco
ou se te acho
não sei se é canção
ou é cansaço
se é preciso
ou se está gasto

não sei se eu gosto
se me afasto
não sei se é maré
ou se é riacho
se é prisão
se tem espaço
se eu te beijo
ou te abraço

não sei se foi bala
ou estilhaço
se não tem razão
se tem compasso
não sei se eu trago
ou me desfaço
se é de nylon
ou se é de aço

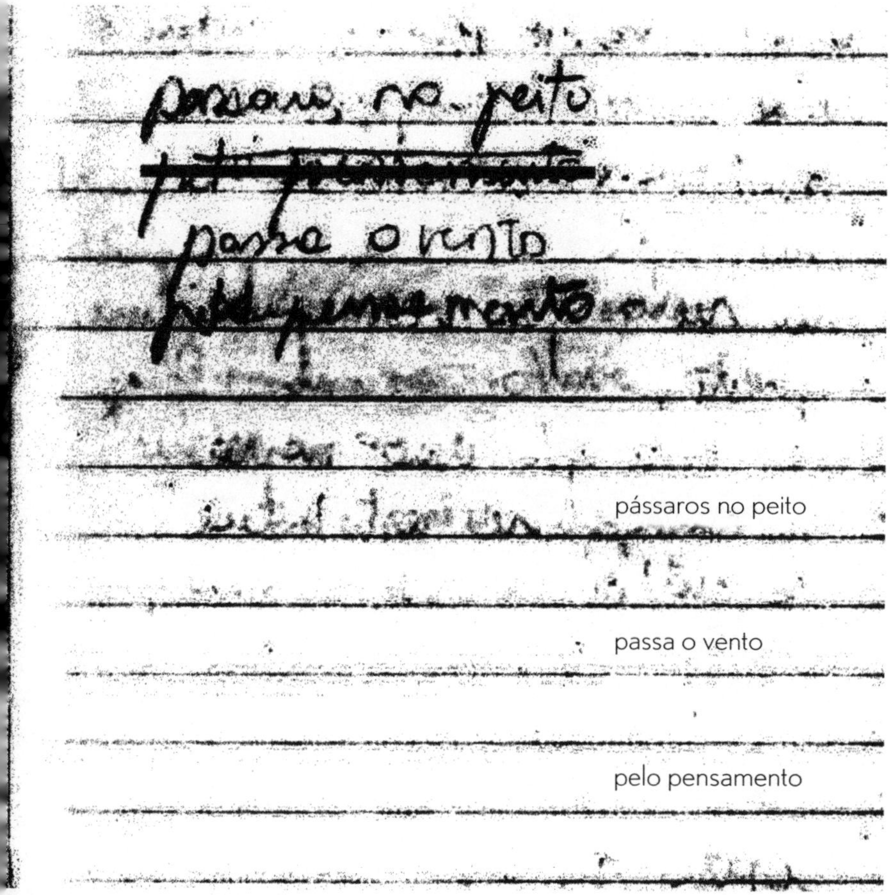

passaros no peito

passa o vento

pássaros no peito

passa o vento

pelo pensamento

espelho, espelho meu
não me diga nada
apenas reflita

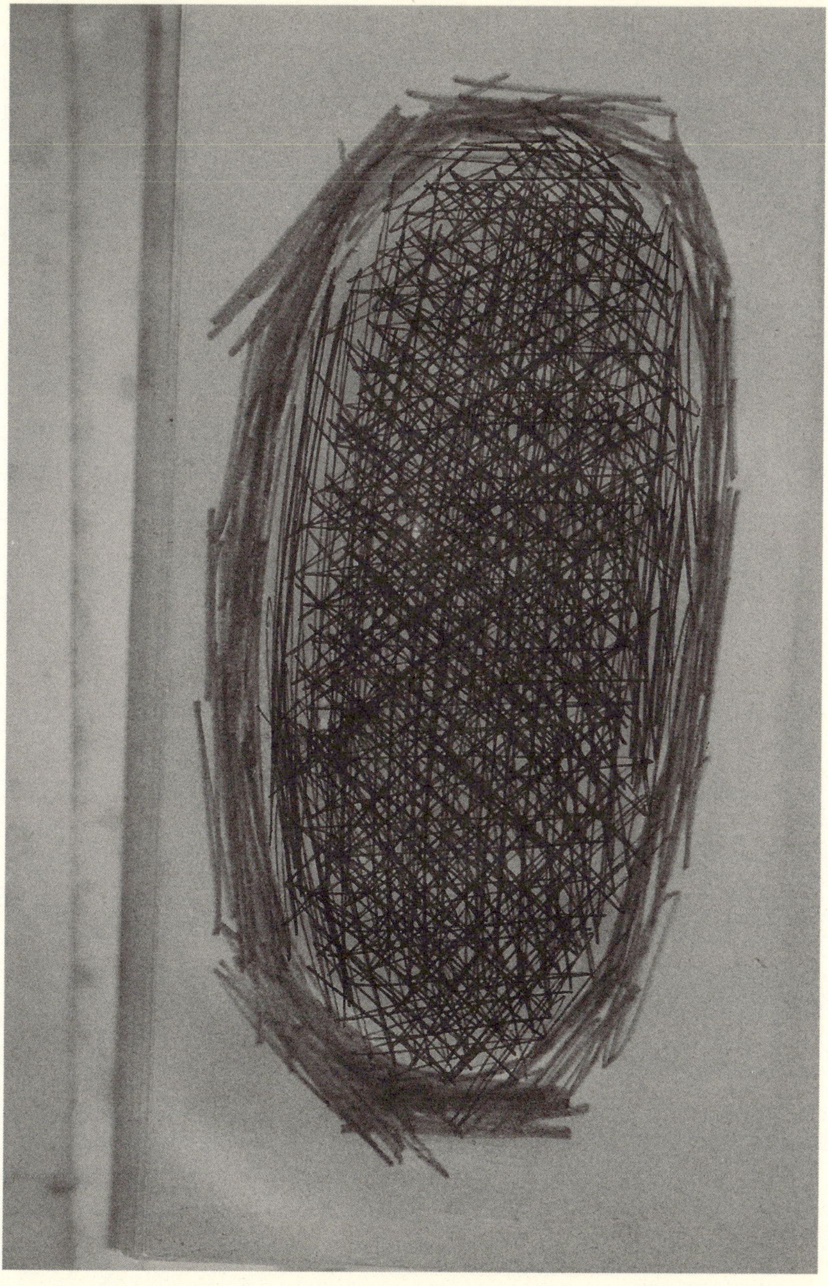

chove,
chuvinha fina, de acabar o ano, semeando.
olho as janelas... sempre amei as janelas.
são uma espécie de mundo.
acordei comigo e não quis largar.
não é bem tristeza com os outros.
é tristeza mínima, minha.

de repente um medo de sair como nas histórias:
fui comprar cigarro,
mas não fumo e nem quero ir.

percebo essa dúvida ancestral que nos acompanha.
o amor fazendo nós.
a impressão de que poderíamos estar sós,
sem essas pessoas, que nos fazem ser
o que somos.

pensava que estava me apaixonando para outra pessoa.

enquanto tudo faz almoço, tira a poeira, brinca de massinha,
leva as meninas para lá e para cá.

está certo isso?

fiquei afinal, num teto todo meu.

somos todos extraordinários.

a chuva é que faz a beleza dessa mata, atlântica.
e nós nesta estufa, como orquídeas ou samambaias, felizes.

o jardim sempre muda à nossa volta.
sempre pontos de vista a serem revistos.
das maravilhas do cuidado às maravilhas do descuido.

negocio com a minha vontade de controle
lembro que estamos criando mata,
formigas, pomares e lagartas.
mas as flores brancas, de sinos,
não conseguiram abrir por enquanto.
e as açucenas, nem pensar,
viraram borboletas
com asas amarelas e olhos pintados
prosseguindo assim no caminho
como se fizessem parte
do sentido das coisas.

FLAGRANTE

num estranhamento maior
vislumbro minha liberdade
contendo o inexplicável

a grandeza é pulsante

hoje tudo está flagrante

[perfume de delicadeza]

se eu puder
e posso
acho
muito

deixo-te ir
mais você vai
mais sinto

o vento
o arejamento
o voo

meus braços têm músculos
que são lembranças
de asas ancestrais

ODISSEIA

amarro meus braços ao mastro
para escutar tua música
em alto-amar
açoitam-me as espumas de sal
rezo intimamente
palavras que não reconheço
distingo só o refrão:

coração coração coração coração
coração coração coração coração
coração coração coração coração

não olho no espelho
mas me vejo
na imensidão

O ESPELHO DO MAR

No barco, na voadeira, o mar impressiona.
Sinto-me voltando para casa quando estou na praia.
A casa de dentro encontra a casa de fora. Encaixo no eixo.
Do meu quarto ouço o barulho do quebrar das ondas;
ser embalada por esse som me ancestraliza.
A vila de pescadores permanece no tempo.
Pesca de lula e vieiras, redes, sarrafos, barco de pesca e passeio.
Todo dia alguém na lida.
As gaivotas voltam para as montanhas no final da tarde.
Reparto silêncios.
Quando encontro o mar é como se estivesse
encontrando meu melhor amante,
aquele que conheço e que amplia o desconhecido.

Sete horas: a prata do céu e a prata do mar se igualam.

50 BEIJOS

cada um com seu território
com sua língua própria
falas que o amor se apropria

50 beijos

dados de graça

saqueados por arqueiros invisíveis
flechas de chumbo e prata

cada um parte
da origem do adeus
aos deuses dos ateus

lambendo o néctar dos sonhos
a festa da flora dourada
onde a floresta de aço se adensa
partículas de rocha e breu

movimentos de estelar resplendor

tudo pura invenção que incendeia

a espinha sente o sabor
o coração sente o saber
a alma pressente

50 beijos

trocados
o meu no seu céu
astrolábios
exatos e imprecisos labirintos

50 beijos

na boca lampejam
a espera líquida
o desespero ardente

50 beijos

cinquenta vezes
mais voláteis
inflam velas
inflamam ideias

segredos dentro da concha
dissolução na praia púrpura
solares cantigas
noturnos musicais
lábios e montanhas
vastas epidermes venusianas
estradas e mais estradas
que a saliva umedece lentamente
com gosto de sargaço

50 beijos

orvalham saudades à beira-mar

MANIFESTO

não quero mais olhar de quina

quero ver logo ali

                                        na esquina

encontro marcado

para morrer assim basta

para amar não

sei dizer seu nome

já estive

                                    no além-mar

o mistério é evidente

OUTONO

não quer

dizer nada

mas gosto

quando

uma folha

carregada pelo vento

bate

em mim

escuto no cântaro

a voz do rio:

– tudo passa.

(mesmo represada a água é fluida)

ANJO CAÍDO

Hoje sangrou menos, lembro.
Está passando – quase esqueço.
Devagarinho.
Olho de soslaio. Beijo a cicatriz.
Sara, dizem, antes de casar.
Mertiolate arde (de novo). Ar de cura.
Sopro, amorosamente. Doer, doeu.
Agora só dá a impressão que.

NATURAL

Hoje vi uma cobra tomando sol, estirada na estrada.
Eu estava no carro, direção na mão, era fácil atropelá-la,
mas não.
Fui buscar-criança-na-escola.
No caminho, mães, meninos, mochilas, bagunça,
conversas de portão, tudo em ordem.
Ao voltar, vejo, no jardim, minha cachorra comendo
um coelho, momentos antes de ele se tornar um animal
desfigurado, irreconhecível.
Enquanto isso, a gata descansava de caçar insetos.
Entro em casa para coar um café.
Bebo, fora de hora, devagar.

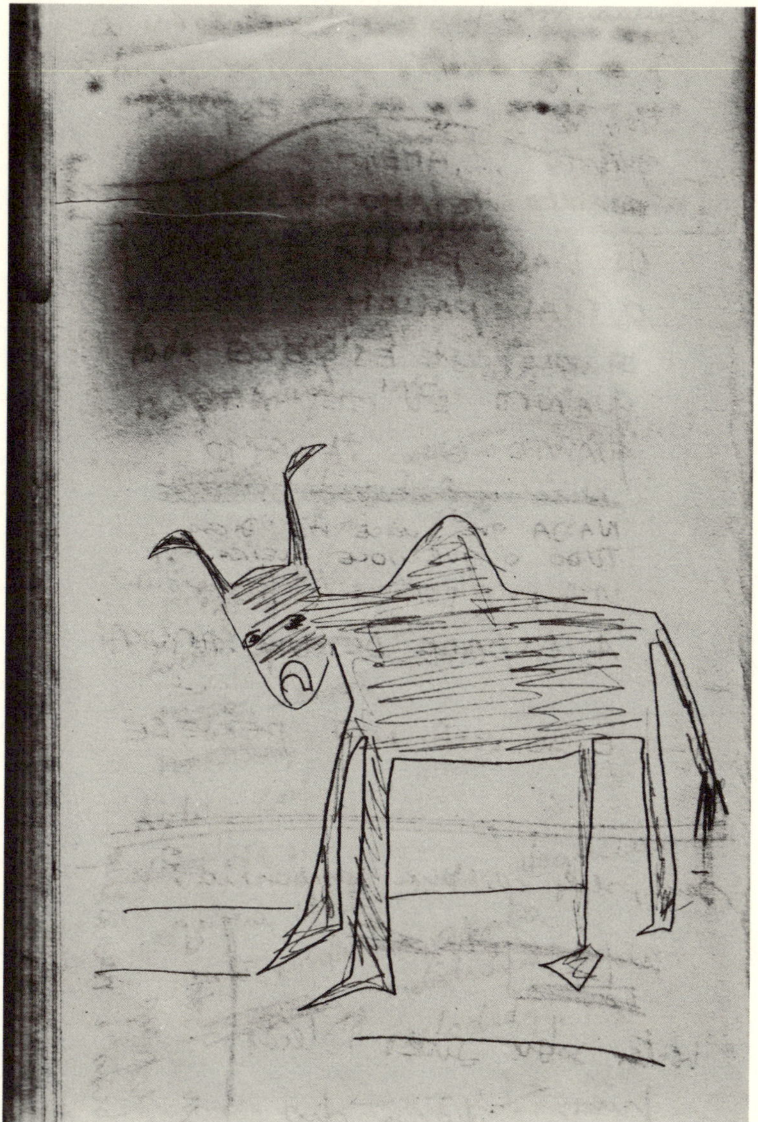

Quando era criança, do meu quarto em Santos,
eu podia ouvir o apito dos navios.
Tão grave que o peito se preenchia assombrado.
Na hora da noite-quase-dia não sabia
quem chegava e quem partia.
Hoje, do meu quarto, quando a madrugada se aquieta,
me escuto nela ouvindo o apito do trem,
não sei se vai ou vem.

Passam horas e dias.

Passam navios e trens.

Passo eu também.

A LINHA DO HORIZONTE

o mar imenso
a areia cinza
a janela grande
a casa da avó
a cozinha arrumada
a estante alta
a garrafa ao alcance
o licor de música
o danúbio azul
as lâminas de ouro
a bailarina valsa

eu olho encantada

a valsa da bailarina
o ouro em lâminas
o azul do danúbio
a música do licor
o alcance da garrafa
a altura da estante
a arrumação da cozinha
a avó em casa
a grandeza da janela
o cinza da areia
a imensidão do mar

DIARIAMENTE

As horas da nossa casa são mais cheias que as horas do mundo. Quando acordo grande posso perceber como as crianças. A passagem das horas é mais brilhante, mais plena, mais esquisita, mais refletida. Sinto orgulho disso; um deslumbre secreto faz com que tudo pareça certo, totalmente no caminho, independente do caminho. Talvez seja o reconhecimento do destino que vamos traçando e aceitando. Linhas tortas, abstratas, realistas, impressionistas, incertas, precisas, mas com caligrafia própria. E a gente querendo mais. Sinal de que existe ouro nos instantes que escorrem pela nossa casa. Um tesouro que não está guardado para o fim da história, mas que resplandece lapidado dia a dia, noite a noite, dedicados a aprender juntos.

GARNISÉS

No pomar, tínhamos um casal lindo de garnisés, criados soltos.
Um dia ouvi: mãe, será que a rosinha, não se cansa de ciscar
todo dia, o dia todo, atrás do chico? Sem saber responder disse:
Não sei, parece que assim é do jeito deles.
Depois de um tempo:
Mas, mãe, acho que ela é que dá a ideia dos caminhos.

PASSO A PÁSSAROS:

não por acaso o presente

. o núcleo dúctil do ouro

. a vibrante via láctea

. o silêncio ardente da pedra

abro a porta

[para dentro]

do labirinto onde entro

ALÉM-MAR

o fogo da lembrança
não está além
e, sim, ali
dentro

mar de ressaca
força atraindo para trás
onda que recua para o fundo
areia revolta
maré de inversão
subverte sentidos

trago mar adentro o tempo da invenção

ensolarado navega o coração noturno

seu desejo é uma desordem

DITADO

valem quanto voam
os pássaros na mão

na chuva pra (m)olhá
no fogo pra a(s)cendê

afomecôavontadedecomê

SILÊNCIO

e, no entanto, tumulto.

(fique calma, a voz diz)

com nervos expostos
franca-atiradora de palavras

o vento espalha
os uivos que os cães bradam
sabendo-se solitários
e cheios de vizinhos

a poesia pode salvar
pode ser
o canto da sereia

serei ela?
seria ela?

vou ao encontro
do chamado
vou não sei aonde
vou

tentei abstinência
mas fiquei com saudades
de mim

DOMINGO – DIES SOLIS

Não pedirei nada hoje, quase nada.
Se fosse outra, estaria voltando da missa.
Abençoada, agradecida, confessada, espairecida.
Hoje, não.
Não estou nada católica, mas bastante dominicana.
Num domingo assim, só uma coisa.
Dia meio branco, meio de silêncios longínquos.
Dia que começa com cara de fim.
Domingo per se.
Hoje já fez sol de maravilhar, galo cantou, choveu,
duvidei, nublou, entendi, gavião voou.
Só uma coisa, afinal, lembro-me do pacto e acerto
os ponteiros dos relógios enquanto há tempo –
que a brisa refresque os aprendizes.

cuidado

para não ir

longe

de menos

deixo cair sementes
para reconhecer
o caminho
de volta
do instante acontecido

quando a loucura aparente se distrai

transformando-se
num potente jardim florido

DELONIX REGIA

um flamboyant
numa primavera quente
não caibo em mim
nem em ti

o trânsito não anda
nem quando a gente voa

é alegria
da mais bruta
do mais puro
diamante
carrego com cuidado
não a pedra
mas o coração na mão

a avenida conflui
no rio onde deus está

CHOROSIA SPECIOSA

dia de sol na montanha
as paineiras parecem mortas
não importa – preparam
a festa – certas
da vinda das painas

LIBERDADE ÍNTIMA

quando não percebo o manancial
definho
perco o verdor

flor negando a florescência
feito brotar – desabrochar fora de si
numa outra época de mundo

uma espécie de outra espécie
descoisa

Escarlate
Vermelho
Rubro
Encarnado
Púrpura
Por hoje
É tudo
Isso
Só

"Listen to my heart-beat"

RESGUARDO

não compreendo
mas pressinto
o paraíso na terra
a terra no paraíso

o amor está todo num todo está o amor

sou maior do que eu
procuro ampliar
os meus limites

meu desejo aumenta o meu contorno

troco a insônia
pela vigília
e rezo para nossa senhora da conceição
para que o meu olhar seja límpido

estou na minha solidão preferida
em casa
entardeço

o manto da noite começa a preencher a mata

prometi o silêncio
até compreender as falas

simplesmente amar o amigo

num altar
estão as coisas preciosas
feitas de instantes
e confirmações

GEOGRAFIAS

portos istmos lugares
fontes cristalinas
ocasos luares
continentes estrangeiros
arquipélagos baías
epidermes planícies
rios fiordes vales
abismos íntimos
estuários olhares

quero voltar ao que não conheço

às profundezas e superfícies

dos cinco oceanos
e dos sete mares

gritei de contornos.

mais eu me afogava

mais eu queria emergir

a felicidade

não sei se era nata mas insistia em aparecer

de dentro de fora de baixo de cima

MARAVILHA

Na minha retina é recorrente a imagem de um homem
sobre as pedras, perto da rebentação.
Bradava a plenos pulmões ao oceano: que maravilha!
Esse grito e seu gesto bruto, exatamente animal,
radicalmente humano, continuaram reverberando em mim.
Que maravilha!
Como se fosse possível acordar a cidade toda
de um estado de torpor e reconhecer de repente,
plena e simples, a vida.
O mar também ouvia, enquanto suas grandes ondas brancas
ameaçavam romper o verão, que já se fazia, salgando as ruas,
as montanhas, os prédios, os cachorros, os postos de gasolina,
as crianças, os pescadores, os ciclistas, os trabalhadores,
os distraídos, numa rara espécie de alforria.
E eu ali, na areia quente, compreendia a força íntima
do presente daquele dia.

– Devora-me, sussurrou à esfinge.

o mistério quer ser vivido, não decifrado.

RELATIVO

o tempo que demora

a flor do galho

a

cair

pode coincidir

de uma nova

estrela

luz

ir

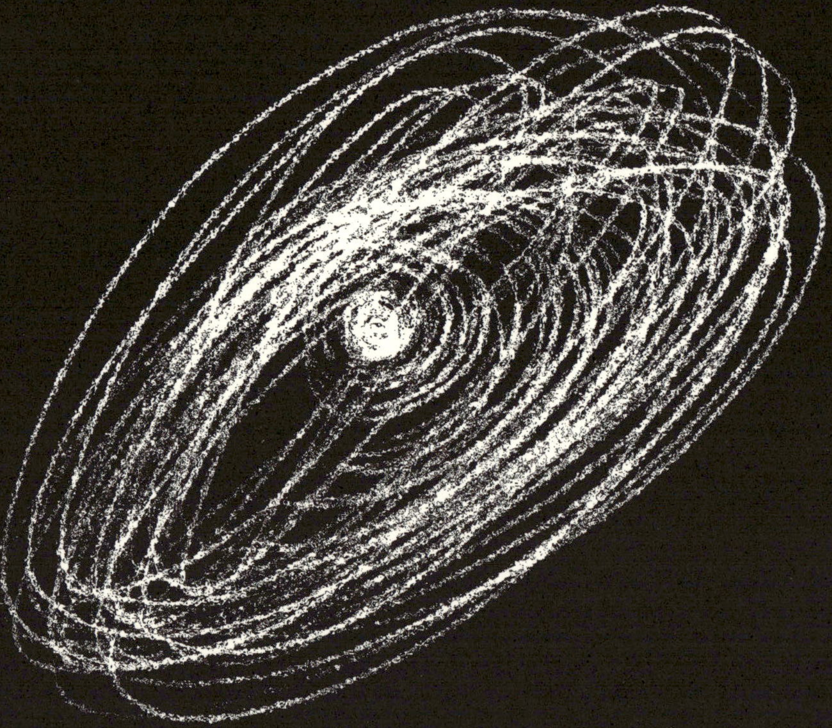

há quem chame calor
há quem chame paixão
há quem chame fogo
há quem chame desejo
há quem chame jogo
há quem chame loucura
há quem chame razão
há quem chame matéria
há quem chame metáfora
há quem chame energia
há quem chame invenção
há quem chame instinto
há quem chame amor
há quem chame kundalini
há quem chame tesão
há quem chame encontro
há quem chame impulso
há quem chame solidão
há quem chame destino
há quem chame ilusão

há quem chame porque sim
há quem chame porque não

há quem não chame

pulsa estrela (em carne) viva no coração

INCONFIDÊNCIAS

tenho saudades do que tenho
tudo muito raro
tudo muito caro
sigo embalada nos teus braços
condensada
nesta via láctea
fosforizada
foto sintetizada
espelhada
espalhada
amante-amada

de que vale
tanto mar
tanto mar
tanto mar?

nenhuma noite nos bastaria
nenhuma sangria estancaria
o que sem ti seria
contigo compartilho
estranhamentos
de um olhar
estrangeiro
profundamente de dentro

corpo que comporta
veias
músculos
sustos
fluxos
pensamentos
tudo incorporado
na matéria
de que somos feitos

pó de estrelas
poeira
excrementos
via sacra

sacramentos consagrados
ao eterno momento
onde o inferno
ternamente
aquece nossos corações
quasares queimando
no escuro celeste
fosforescendo

brasa que não se apaga das entranhas

quero aprender a usar a espada

mas, disse-me um amigo, isso leva tempo;

também eu –

levo tempo.

caro.

vok

muitas coisas,

o

anjo

ram

uste

deixe

vou

ha,

logo

e

sobre

sobre

MEMÓRIA

a carne é forte
o espírito é forte

as lembranças são presentes

– para ser alegre

para ser triste –

uma coisa inclui a outra coisa

PRIVILÉGIOS

O sol na cara, a piscina de manhã sob os pinheiros
e as goiabeiras cheias de frutos.
Admito a presença e a carência de companhia.
Admiro o familiar.
Vimos vários macaquinhos aqui, na maior felicidade.
Parece que o mundo ainda gira num eixo.
Minha filha mais velha, aprendendo sobre o começo
da humanidade, perguntou se ainda estamos evoluindo.

Desvelar com alegria, velar com clareza é uma batalha.
Deponho as armas e dou-me ao trabalho –
mas parece que sim, evoluímos.

a melhor companhia

convive bem com a solidão

fogo-fátuo: leve e fugaz

compartilho contigo

o prazer de ser

áscua brasa carvão

vende - si
uma propriedade
com vista para dentro

Reza a lenda que deus é a grande ficção humana.
O clássico romance moderno. Filosofia pura. Pura poesia.
Dizem que o encontraram subindo aos céus
ou descendo ao inferno.
Em extrema solidão ou muito bem acompanhado.
Em toda parte. Em parte alguma.
Não para olhar por nós, mas para, por nós, ser olhado.

sempresente no instanteterno

Fim da tarde. As cigarras cantam.
Umas para as outras. Umas mais que outras.
Tudo se instala no lugar, há séculos.
Tudo sendo o que era para fazer.
Saúdam até arrebentar. Trabalham. Formigalhas.
Todo dia raro.
Todo dia novo. Formigas cortam a folha.
Alimento mais pesado que o corpo.
Na mata, incendiariamente.
Saúvam até tecer, entoando a noite.

(a) corda bamba
trampolim de navios em alto-mar
revolução das esferas celestes
odisseia desejo e sereia estaleiros entre nós
de marinheiro me deixa morar
nesse seu olhar mar azul
transatlântico lábaro estrelado
cruzeiro do sul do olho nu
ao olho dado
lançado no tabuleiro

MARÍTIMA

trago o mar dentro de mim

dá para perceber
pelas ondas
marolas
ressacas

pelo gosto de maresia
pela cantiga das gaivotas
dos mergulhões

pelas guelras
conchas
cardumes
brisas

pelas vagas em brasa

O MAIOR ADEUS

No dia do maior adeus, o sol estava alto,
era início do verão que a brisa quente abençoava.
Eu era amada e ouvia o contínuo murmurar das ondas.

No dia do maior adeus, pensei em mel, em pérolas,
em facas, em deuses, em Ícaro com suas asas,
em vertigem, em céu, em pássaros.

No dia da despedida, comi peixe com pirão.

No dia do maior adeus, continuei lembrando
que iria pela vida afora, todos os dias, dias e dias,
a adorar o amor, mesmo que sua passagem
provoque alegrias e desconhecimentos.

No dia da distância aumentada.
Da estrada da incomunicabilidade.
Do desacaso.
Do descontinuado.

As nuvens seguiram condensando lembranças pluviais.
Caminhei pela montanha, comprei jornal,
reguei as samambaias.

Como todos os dias: abri e fechei janelas.

No dia desse adeus, pensei em entender, em me calar,
em para sempre, pensei em não pensar.

Nesse dia, vi estrelas radiantes e silenciosas.

No dia do maior adeus, permaneci com os olhos no cais,
o sangue escorrendo, coagulando, e eu, até a medula,
fadada a ser eu.

laços azuis

em movimento

bem me quer
bem me quer

cabelos ao vento

sem ti

sentimentos

DOSSIÊ

Quando ela chegou ao aeroporto, não sabia o que diria
ao telefone. Algo começava a se diluir a dias.
Tinha dito: vou para aí, consigo te ver?
Ele: podemos, sim, nos ver.
Sentiu frio. Foi.
No táxi, Nat King Cole, "Unforgettable", no rádio.
O aterro parecia feito para ela.
A presença dele era intensa.
O desejo é incontinente e, no caso deles, explícito.
A saudade preenchida por pele, música, texturas,
cheiros, palavras e sexo.
Mas ela sentia uma falta.
Havia troca, sim, mas não correspondia.
Parecia que tinham que se comportarem.
Estranhos, num encontro casual, onde dois cabem em si.
Ela quieta; as palavras crescendo no silêncio.
Os dias que ela anteviu de sonhos, seguiam encobertos por nuvens.
Ficava uma questão, que reverberava, sem perguntas certas,
sem respostas dadas.
Apesar de ter intimidade em viver sem entender,
aquela sensação entre eles e o que eles viviam
não encaixava.
Não se viram; de novo não se viram;
de novo não se viram e aí, se viram.

Ele disse que não tinha sonhos. Deitou exausto,
com um jeito de criança, que talvez nem soubesse que tinha.
Ela cantarolou, com as mãos no peito dele, seus lábios sorriram
de leve enquanto adormeciam.
Tudo isso, ela agora não sabia.
Ficara com uns pedaços de quebra-cabeça vibrando na mão
que se recusavam uns aos outros.
Ela sabia que poderia ir, iria, e que essa sua vida faria parte
de um novo passado. Confrangia seu coração.
Havia um risco, uma pérola, um diamante, uma possibilidade real.
Creditava realeza no que viviam.
Ele despediu-se dizendo: agora você vai por aí e eu vou por aqui.
Ficou um grito mudo. Uma falta desfalecida deles.
Tentou reverter.
Não sabia como faria para sair dessa,
ou como faria para não sair dessa.
Passaram horas. Criaram distâncias.
Dias claros. Dias escuros.
Olhou a estrada, que continuava aberta à sua frente,
encantada, e de novo sentiu que a vida era mesmo breve.
Então se apegou às pequenas tarefas,
tal qual uma sobrevivente de um naufrágio.

O ESPLENDOR

lua espelhada na taça cheia
navegamos na maré alta
na amplitude das diferenças
espada ígnea na veia

– o esplendor –

do mar ao continente
a densidade das ondas
hoje nada nos falta
tudo em nós sente

– o esplendor –

superfície lunar
o fluxo das águas
artérias submersas
indomável implícito preamar

MINGUANTE

meia-lua me leva

$^1/_2$ na razão

$^1/_2$ na emoção

o brilho da luz no breu

no jardim secreto da imensidão

gosto de caminhar junto de quem gosta de caminhar sozinho

enquanto
caem as folhas do
caquizeiro, noite alta e fria,
luz branca,
o outono vai se despedindo.
rendo-me à insônia tão dentro
estou das palavras
artérias incendeiam ideias
ninguém sabe o que virá no sonho
mas deseja-se
bons sonhos, bons
ventos, boa noite,
bom parto. percorro mapas de mundos
antigos, mitologias
de viajantes,
mesmo à noite, o vento é um vasto
corredor de nuvens. tudo se transforma,
há muito oxigênio disponível.
meu ritmo segue impulsivo
                                        pulsante
perto das feras
o movimento é aguçado.

escrevo em partituras,
manuscritos,
cartas náuticas.

cada letra ilumina um sol à beira de um abismo

sonho um homem
que confiante
de si, se dê
a liberdade
de ver a fogueira
acesa da mulher:

cabelos que voam
sexo estelar
interior líquido
vida intrínseca
peitos que nutrem
pétalas que abrem
seiva que percorre
folha seca que cai

hoje não estou imune
mas vazo
chuva no rio rumo ao mar

pequenos milagres acontecem
enquanto o caqui
sonha seus sonhos
que se fazem frutos.

LE LIS BLANC

a noiva desconhecida entra
acende a tocha ancestral
aquece o corpo, suas tinturas,
geografias e cabelos
conta histórias de passagens e corredeiras

sente-se sentida
quase livre na passagem das horas
traz na mão o lírio branco
seu perfume é seu perfume
que escorre
líquido

deglutindo cada palavra íntima
na taça dourada e cheia
procura conhecer o gosto

despe-se da nudez em camadas
nas tessituras do desejo nupcial
compartilha voltagens

bendiz a fonte
que sacia
e não mata a sede

banha-se de prata
ouve ao longe a música das esferas
despede-se sempre agora
– e sai

são jorge observa da lua
enquanto cuida do dragão
para prosseguirem na batalha
a que estão mutuamente destinados.

SEGREDO

a vagina liga-se ao baço

que se liga ao fígado
que se liga à vesícula
que se liga aos pulmões
que se liga ao coração
que se liga à memória
que se liga ao cérebro

e isso é apenas uma parte da história.

NÉCTAR

a pitangueira exala a doçura
o zumbido das abelhas
no alvo

a alegria melífera

(o mundo está certo e imprecisa de mim)

as lagartas estão borboletas

as sementes soltas
o ar aquece
tropicalmente

a chuva atávica cai

gota
a
gota

sexual

LABAREDAS

vamos exorcizar
queimar na fogueira
vamos incinerar
vamos nos queimar

só um louco não pira
não arde feito palha
não falha
não fagulha
não segue seu ofício

não se oferece ao sacrifício

a casa está em brasas
desabando
as paredes queimando

meu coração incendiado
desnudado
segue indomável
inflamável

pulsa

bradando
como um louco
em meio às chamas:

– tu me amas?

não sei se estou ficando louca ou lúcida
desconfio de ambas as coisas

não tenho cabido
estou intuitiva
em outra lógica
mais pra lá do que pra cá

os dias passam com tudo
dentro deles
diverso e variado
igual e sempre
diferente cotidiano

me estranho

o cachorro latiu para mim
a menina choramingou
comprei um vestido novo
de escritora
de viajar no navio
de passear no sol da primavera
enquanto as árvores
dão sua festa de pólen

condenada ao paraíso

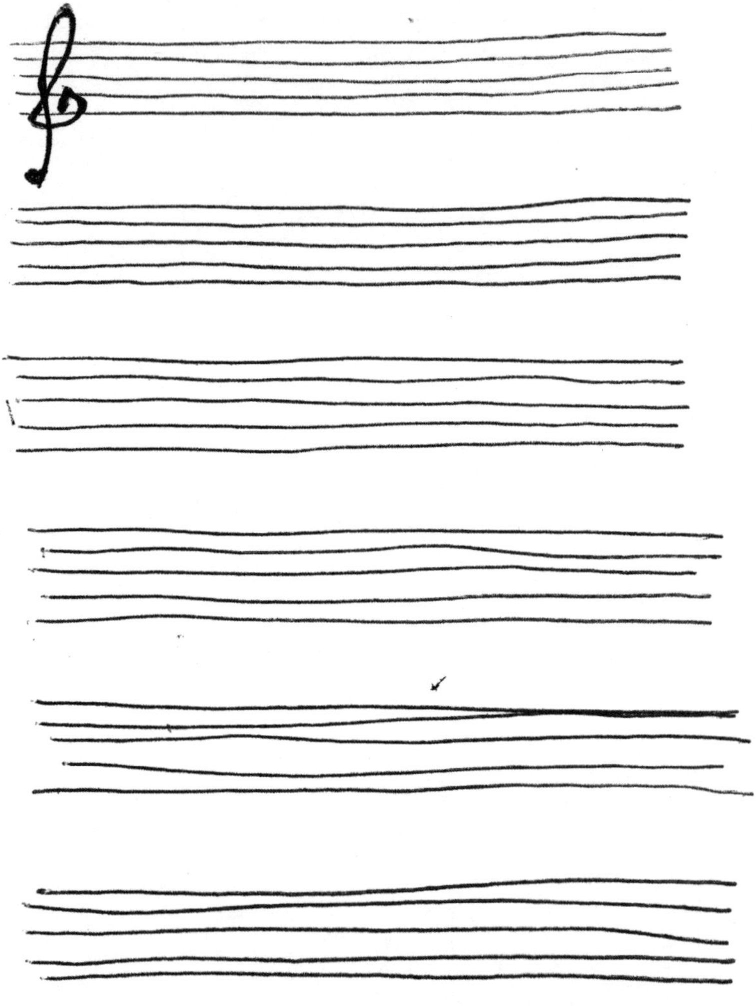

SEMPRE HÁ MÚSICA

PARTICULARMENTE

prefiro que o super-homem

seja mesmo um pássaro

ou um avião

3 PEDIDOS

. a beleza

. a verdade

. a beleza depois da verdade

SANTA CLAUS

Já fui santa. Presépio vivo, flauta doce, noite feliz.
Os primos, três reis magos, com mantos de lençóis listados.
Avós, família, belezas. Anos depois, com minhas filhas,
fizemos presépios com caixas de areia, com os personagens
principais e um vale-tudo do que tínhamos de simbólico e precioso:
pedras, plantas, gatos, mickey, cavalos, gansos, espelho d'água
com patos e golfinhos.
Jesus continuava no centro, mesmo com a polêmica que isso trazia.
Hoje não quero mais, aliás, ninguém em casa quer.
Sem árvore de natal para plantar depois,
não quero pinheiro no jardim.
Gosto de segredos, mas não de amigos secretos,
nem de ter que amar as pessoas como se não houvesse o amanhã.
Faço faxina, tiro coisas das coisas.
Quero menos, quero precisamente.
Desconfio do caráter do papai noel...
Simplesmente não estou afim de comprar o pacote todo.
Continuo entusiasmada, à minha maneira, observando as mudanças.

PRINCÍPIO

se toda arte tem seu ofício
toda vertigem, o seu precipício
todo o mistério, o seu indício
todo epílogo, o seu início
se até o simples tem seu difícil
a memória guarda um resquício

uma oração tem seu sacrifício
o corpo fechado, um orifício
se até a guerra tem um armistício
a loucura, o seu vício
se até o verbo tem o princípio
como o fogo tem seu artifício

não ter você é desperdício

tudo teima em se alterar

o de dentro quer sair

o de fora quer entrar

mas se eu não me engano

não seria isso

ser humano?

URSS

acordei russa
não há nada que possa
menos que a porta aberta
acordei revolucionária
eternamente moderna
passeio com chagall
maiakovski, tolstói, stravinsky

a praça vermelha
o quadrado negro
o pássaro de fogo

acordei natasha
crime e castigo
camarada na fábrica
com mil sóis
na luta armada de sonhar contigo

ok! vou acordar e fazer tudo sozinha.
andar pela mata. muito.
pagar contas. muito.
resolver coisinhas. muito.
levar crianças
trazê-las de volta.

não amar o amor
e perguntar:

somos possíveis?

MISERÊ

(des) perto

longe de tudo

de você:

nada-que-dói

atravessa-me

o deserto

NEGÓCIO

aquilo que não troco

reverso da moeda

poesia vem

não vende

verso compulsório

querer sem sentido

rio que passa

água que não seca

nem quando há sede

de tudo

bas sensações

vento

~~mo~~

~~minha~~

hel M'a bel

horas a azos

NOTURNOS

noite branca
bruma sem estrelas
o céu para tudo é igual

uma cegueira de pontos cardeais

três marias
orion
sirius
antares

constelações encobertas
lunática presença velada
em nossas órbitas elípticas

os olhos sentem
o coração
– transubstancial –
vê

Já experimentou plantar tomate?

Tentei várias vezes. No canteiro da horta ficam lindos a princípio,
mas é só dar as costas que eles vão se dispersando, invadindo
o pomar, escondidos na terra adubada e nos bicos dos passarinhos.
Quando vejo, estão misturados, felizes, no vaso de cactos,
no pergolado das roseiras ou no canteiro das helicônias.
Detestam ficar enfileirados, no lugar previsto.
São deliciosamente anárquicos. Agem em grupo e apesar
da frágil aparência, são bastante perigosos. Muita gente gosta
de se manifestar jogando tomates, eu prefiro tê-los e comê-los.

Poesia também é assim.

INVERNO

Também agora é hora de colheita. No jardim: mexerica,
limões-sicilianos e laranjas.
Florescem as glicínias, as magnólias, as camélias
e os amores-perfeitos, lindos e perfeitamente efêmeros.
Dias secos, noites nítidas e o luar destilando a prata
que escorre no perfume do jasmim;
suas flores de veludo branco enchem o cálice de néctar.

(PER) VERSÃO DA SEREIA

que aflição ver ulisses
com todas aquelas amarras e ardis
enquanto um canto
ainda mais sutil
toca seu corpo
fazendo vibrar suas vísceras

OFÉLIA

vencida
nocauteada
insone
ensimesmada
vendo pelo avesso
senhora fora de si
senhora das afogadas
vencida pelo óbvio
pelo cansaço
pelo acaso você chegasse
no meu chatô encontrasse
a mulher que você deixou

(à beira de um regato num bosque em flor)

No jardim do éden, só se fica como está. Ou sai.
No jardim do conhecimento, a porta está aberta,
existem pulsações fortes e sutis.
No jardim impressionista, digitais diretas no plexo,
no sexo, no cérebro, perpetuam-se continuamente.

No jardim amuralhado da verdade, floresce o coração

em rigoroso êxtase.

No jardim da liberdade, a alegria pura, reina plena,

transversal inversa, víscera da vida.

MELHOR ASSIM

só

agora

notei

o cavalo branco

veio

só

ESPER (AR-TE)

Não vens? Opto em propor vitalidades; caio às vezes no absurdo. Salva pelo gongo da poesia, mendigo sentidos, outros. Há dias perambulo numa lua vazia, mas minha. A tristeza precisa de vigor para se movimentar. A expressão no centro do meu lago espelha uma aparente calma, porém ferve uma chama, intrépida, capaz de ebulir a água. O mundo alastra-se, internamente. Por sorte, dia de caprichos no jardim; reflito-me no exterior botânico: sulcos, seivas, raízes. Perfumes da terra. Sigo o requinte do olfato. Desde que te quis, de novo, re-ver-ter, seu cheiro impregna a casa do meu corpo; perpassa-o como a palavra exata. Corta o ar ao meio e abre caminho na mata úmida. Bambus reverberam, espalham ao vento o silêncio de um lado ao outro. Farejo o amor na carne do meu sexo, que desponta no remoto cotidiano. Tudo vibra. Cresce desde o início o desejo dito. As fronteiras das sombras se expõem. Abdico de tudo, mas mantenho o ritmo, pago contas, leio, respondo mensagens e vejo os pormenores. Só quero a arte como se fosse totalmente possível; numa impossível verdade que se realiza, sou eu, possuída, nessa espécie de nobreza a dizer-te: vem me ver-te.

ovo

fiquei chocada
tão bem guardada
quase me esqueci

para voar
precisava sair
descascar

a casa
o jogo

ir lá para fora

pro sem fim
pro sem retorno nem contorno
sem meu bem sem bem-bom

só não e sim
só gozo e lágrima
só estrada e mais estrada

desconhecida
despassarada

avoada
sem o ovo
mas ouvindo
migrante
o chamado novo

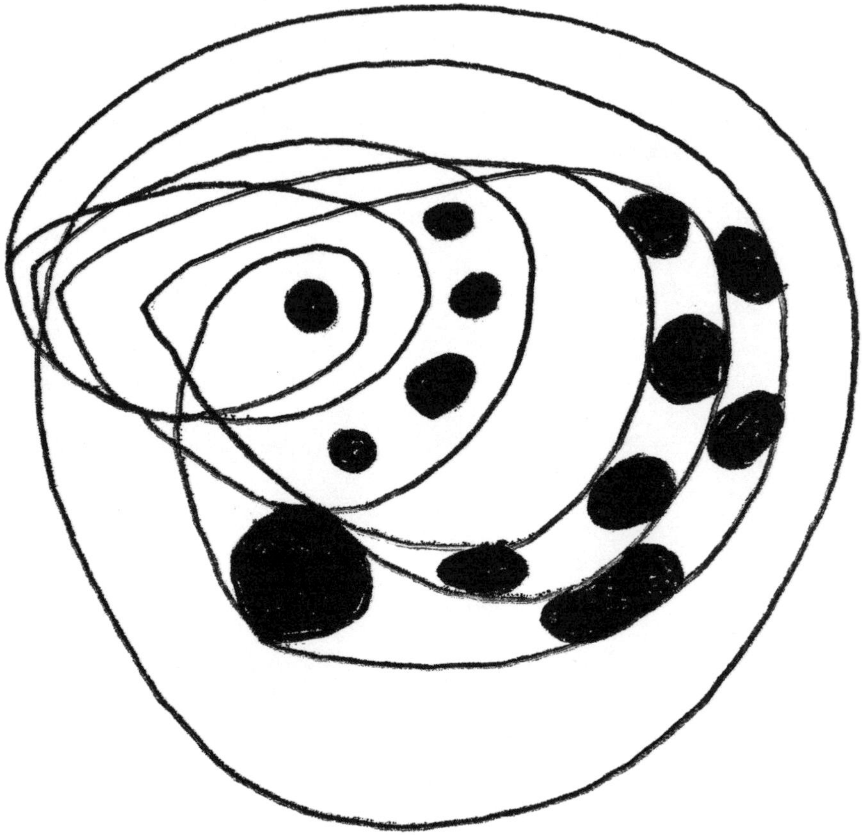

na hora dos pássaros
eles cantam
não importa
chuva nem gaiola
nessa hora
percorrem na velocidade
de seus cânticos
os espaços infinitos
silenciosos
mata dentro

Conheci rapidamente um pássaro.
Passou por mim, bateu no vidro da janela e caiu.
Era lindo. Não conheço nomes de passarinhos,
mas esse, azul-claro com o peito amarelo,
deve ter um nome próprio, especial.
Deu-me aflição pegá-lo, mas quis agir rápido
com medo que a cachorra ou o gato
o encontrassem ainda quente.
Estava mesmo morto.
Íamos jogá-lo no lixo, minha filha que assistia à cena,
pediu que o enterrássemos.
Em cima da sepultura plantou
marias-sem-vergonha
e outras plantas que encontrou pelo jardim.
Disse: ele vai gostar
quando desmorrer

OURO

provo
meu próprio veneno
na solidão das ideias
semicompartilhadas

o amor é livre

poderemos ser capazes
de estar sob as luzes das estrelas?

o amor é ouro

dúctil
denso
motriz
matriz

cardumes no oceano
guelras fortes

peixe vivo
escamas prateadas
fluxo solto

dínamo

o amor é êxtase

navegação precisa
correnteza viva
no instante presente

para o todo
o sempre

mais paciência tem o gato

mais o rato se finge de morto

sigo minha sina
pela estrada afora
de noite me curas
de dia me feres

ainda o melhor está por vir

nesta fechadura
chave não existe
e a porta está aberta

(já disse o lobo)

acaso posso sair ao entrar?

ganhei um passe para o paraíso!
tudo harmônico
compreendido
pouco riso, muito siso
tudo certo
unânime
quieto
sem dúvidas, só dádivas

ó pai eterno, posso dar só
uma olhadinha
no inferno?

QUE A FONTE NUNCA SEQUE

quero beber
direto do coração
da mente
do coração
direto
diretamente
do centro
do meio

acertar
do nada
em cheio

SEM CORRESPONDÊNCIAS

ao deus do encontro
diz somente seu outro nome

nada por acaso
tudo por um triz

sorri como uma péssima atriz
estrategicamente protegida
em sua penúltima despedida

sai como se não tivesse entrado
no abismo deles dois

sem escândalo
nem acesso

dessanguínea
descontinuada

sem confissão
sem sedimento
sem resíduo
sem senso

como se o de fora
não estivesse dentro

por que partir e
falar em aliança?

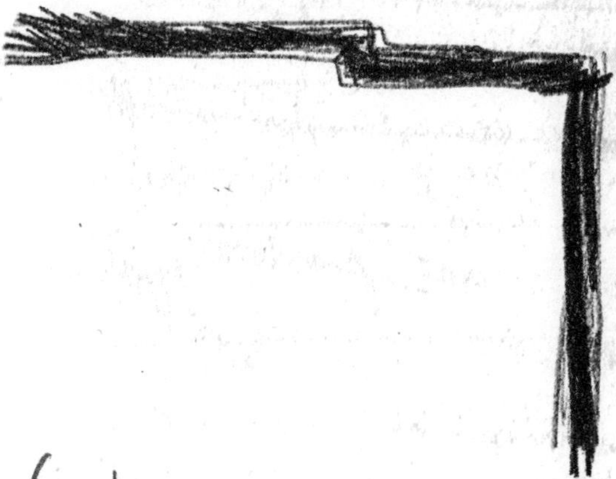

(estou na beira da água)

O CÃO

No meio do trânsito na estrada, como sempre pesado,
vi num viaduto, um homem carregando um corpo
de um grande cão morto, recentemente atropelado.
Não parecia que o cachorro fosse dele,
parecia apenas que ele estava lá, naquela hora,
e que teve compaixão.
O cachorro não era de ninguém, o homem não era ninguém,
e seguiam agora juntos pelo asfalto quente.
O homem com o corpo do cão nas costas.
Um parangolé.
Atravessaram o meu caminho. Feito coisa feita destino.

Drama não é o fim de cada ato.
A vida é drama de fato.
A ação é dramática.

A alegria também.

não preciso entrar no mar
para saber quanto o amo

observo
o precipício
conheço-o desde sempre

não sei se existe
liberdade de tudo

sei que o paraíso
existiu trancado
no jardim da inocência

CONTINENTE

quem poderá conter tudo?

o amor não tem cabimento

compartimento
contêiner
caixa
caixão
urna
berço
comporta
semente
cofre
recipiente
envelope
lugar
casa
cômodo
gaveta
continente

uma mãe guarda um embrião
enquanto ele cabe

um amante guarda um amor
enquanto ele arde

Fevereiro:
saindo de um ônibus lotado uma mulher pariu de pé.
Aconteceu na calçada em frente a um hospital.
Só uma pessoa, também grávida, socorreu, mas, nervosa,
não conseguiu segurar o bebê. Era verão, quarta-feira.
O ônibus seguiu sabe deus para onde.
A vida continua – não resta dúvida.
Tudo pulsa num drama abafado.
O sol recende o cheiro agridoce das árvores
também prenhes de frutos que caem pelo chão.

todas as minhas dúvidas estão me dando uma certeza

TANTO

tenho pensado tanto em você

que nuvens condensam imagens no dia lento

tanto em você que invento

sinto o cabelo crescendo

ouço o teu pensamento

penso temperaturas. entranhas. fogo. vento.

tanto que sobram vírgulas

pontos. pausas. tempo.

tanto que escuto o mar

com a concha dentro

eu cresci

eu decresci também

mili - metricamente

ZOO

Já comprei algodão-doce. Já não dei comida aos animais.
Mas na última vez, o gorila me olhou bravo
enquanto eu mascava chiclete.
Difícil encarar aquele olhar profundo.
Ouvir o leão rugindo me arrepiou a espinha africana.
A pantera caminhava rumo ao finito eterno, sem tônus.
Os pássaros, misturados, não cantavam.
A girafa, admito, parecia feliz olhando das alturas.
Estranho o cativeiro enquanto balanço
nessa rede eletrônica eternamente sob vigília.

SINGULAR

conto as estrelas
coloridas no céu
amarelas, azuis
e vermelhas

palavras escritas
nas torres gêmeas de babel
numa oração
constelação de breu

luzes no caminho
sigo sozinho
ao encontro teu

voz veloz ventania
pássaros em algaravia
diamantes de alegria

a janela aberta
não para de bater
não tem jeito
nem gelosia

brisa marinha
faz a brasa arder
clarão de querer
sol ao meio-dia

noite pulsa dentro da noite
noite pulsa dentro
noite pulsa dentro da noite
noite pulsa dentro

singular o firmamento
sustenta a tempestade e a calmaria

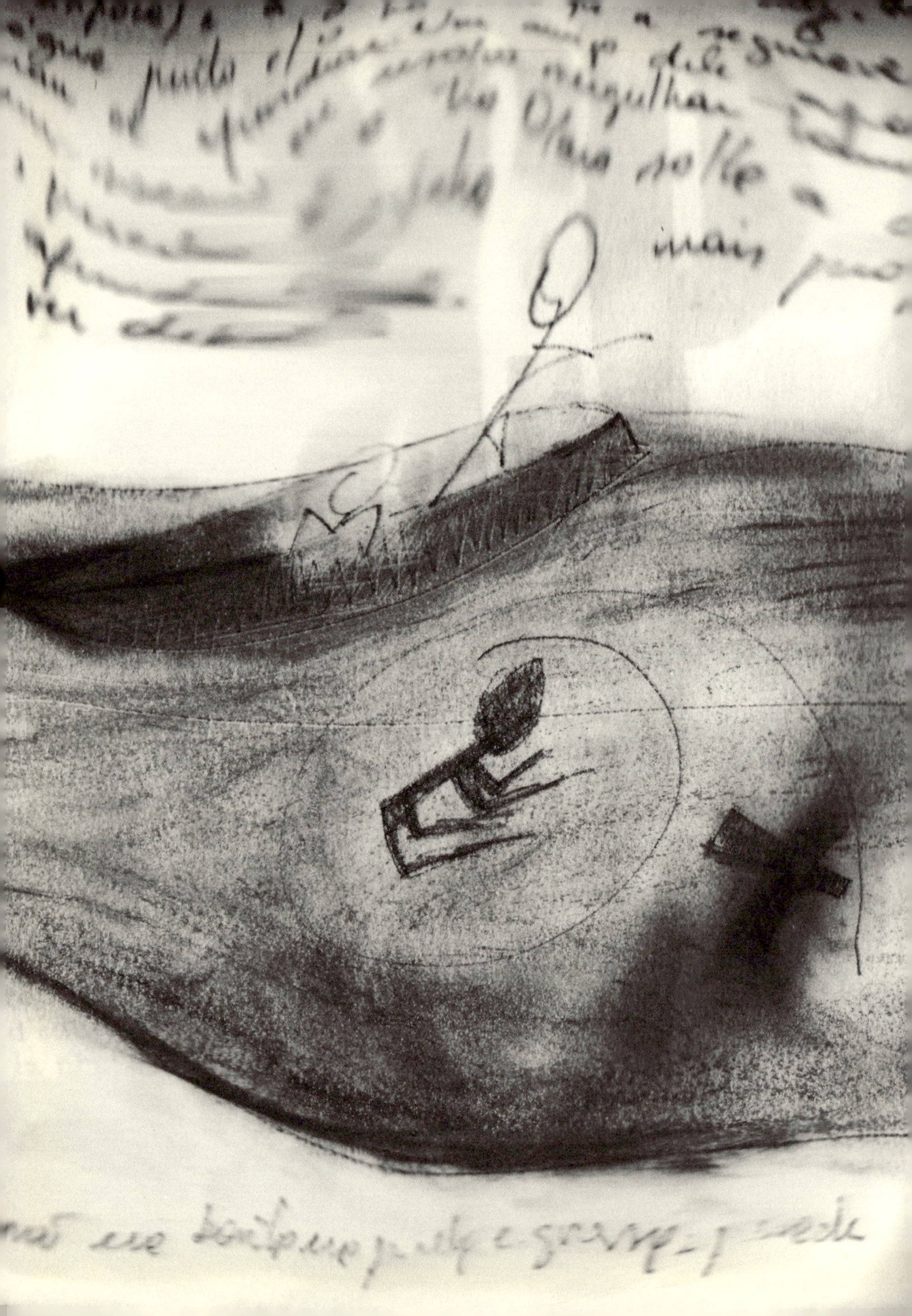

LUXO

Meu segredo é no fim da tarde. Por todo dia espero.
Cada coisa em seu lugar.
As cigarras exageram-se, ampliando o silêncio.
A temperatura atinge a perfeição:
nem mais, nem menos.
Suspensa na tarde posso por fim,
a sós, encontrar-me com o demônio.
Conversamos entre xícaras de chá
e uns tragos de destilados envelhecidos, fortes.
Temos a intenção.
O diabo sabe respeitar o tempo,
lembra-se assim de seu amor por deus.

Seu pecado acalma o meu.

Brindamos.

O CHAMADO

ouço o chamado. reconheço-o pelo ardor da chama.
resplandece, e pela mesma luz posso observar a quantidade
de escuridão ao redor. não há nada menos do que essa beleza
terrível que é a noite do vir a saber. ouço o chamado. distingo
os pássaros que migram e que se aninham, seguem a vocação
do ir, vir e procriar. ouço o chamado, sei que a mim fala de coragem
e rigorosamente de entrega e delicadezas. canto vigorosamente
às estrelas que pulsam sons sem palavras. a carta celeste
está em branco. reluz um ponto de fulgor. o navio navega
de volta para casa, desta vez sem amarras nos mastros.
as sereias são a minha casa. singro meu destino onde
se mostrar é o único caminho para se saber.

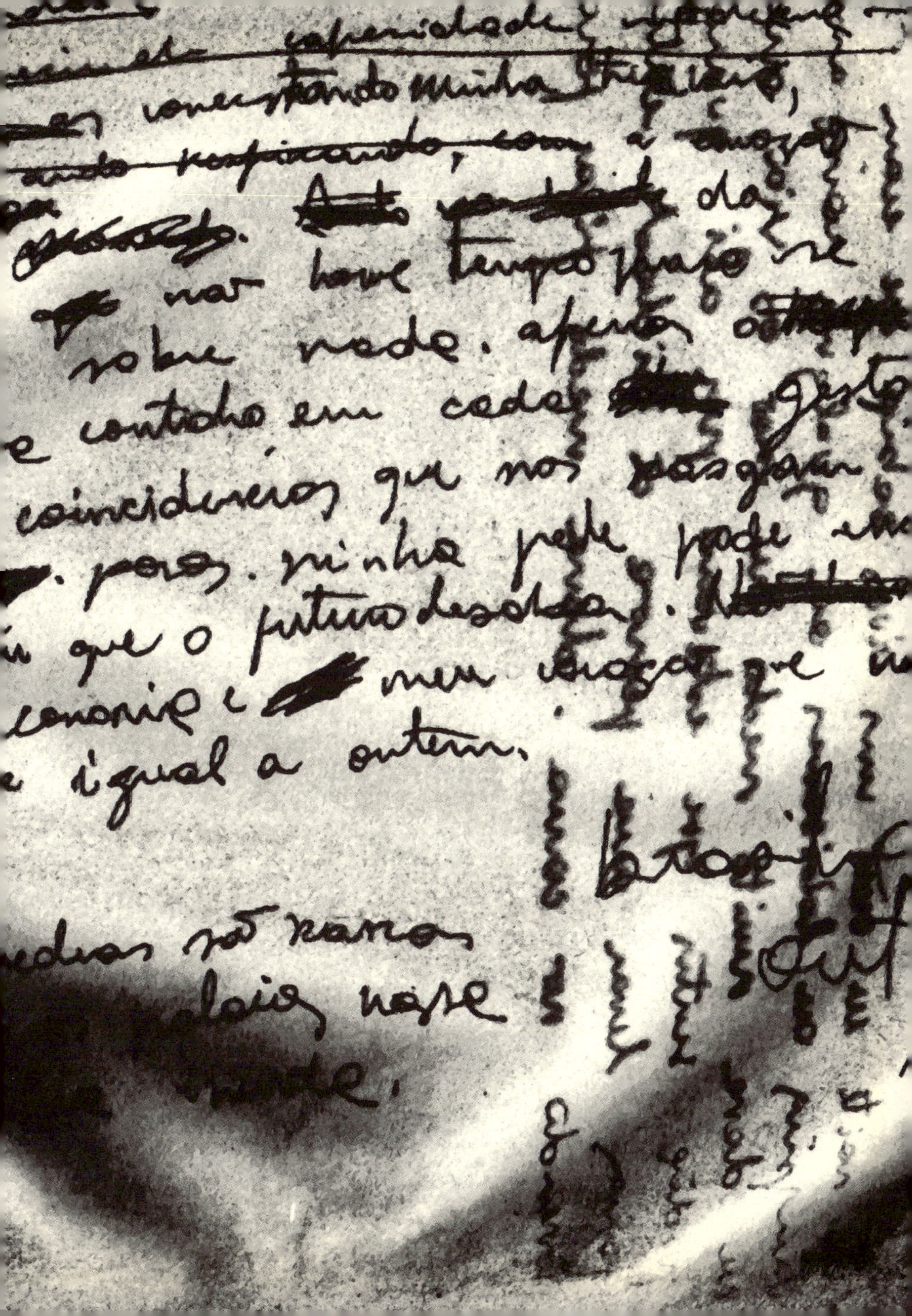

[illegible] conectando minha [illegible]

[illegible] da

não houve tempo [illegible] se

sobre nada. apenas [illegible]

e contido em cada [illegible] gesto

coincidências que nos [illegible]

[illegible] poros. minha pele pode [illegible]

[illegible] que o futuro desabe [illegible]

[illegible] meu [illegible] que [illegible]

[illegible] é igual a ontem.

[illegible] são ramos

[illegible] dois nasce

[illegible]de.

você está seguindo os meus passos?

ando pelo espaço

piso com cuidado nas estrelas

trilho a luz que elas piscam na imensidão

quando não as vejo

vejo o que deseja o coração

você está seguindo os meus passos?

sigo a poeira das estrelas no chão

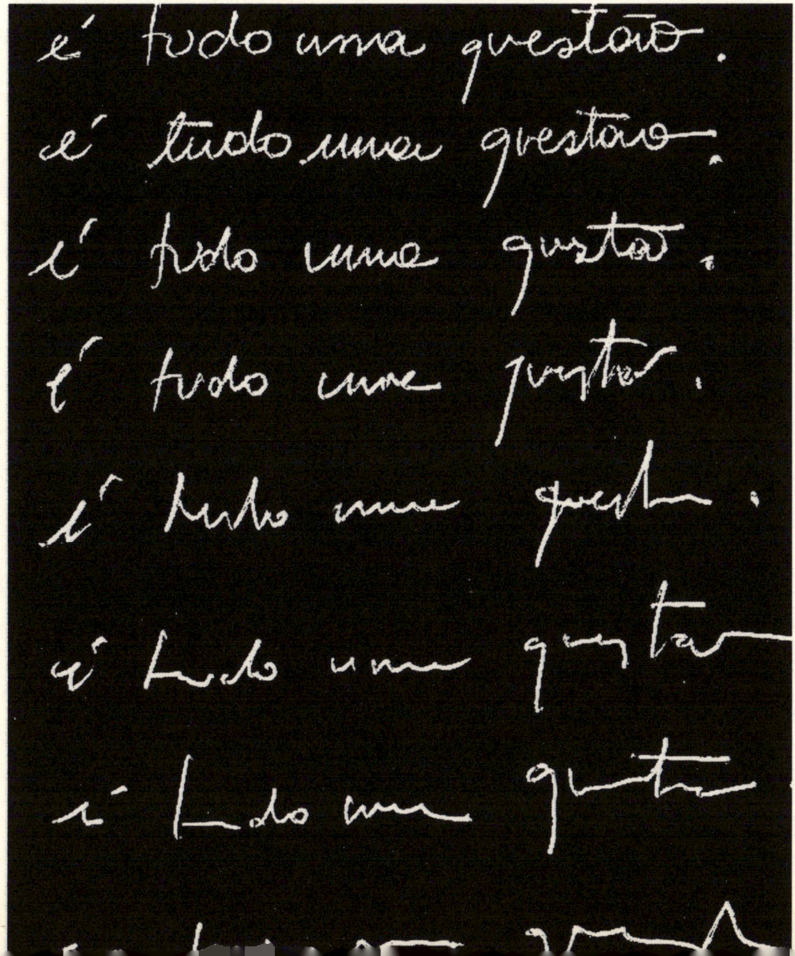
é tudo uma questão.
é tudo uma questão.

MAR, BELO MAR SELVAGEM – VICENTE DE CARVALHO.

Do quarto onde eu dormia dava para escutar o som do apito dos navios. Grave quase subcutâneo, ressoava diretamente no plexo solar. A cama parecia pequena para tanta história. Os navios sempre em movimento entre os países e continentes, sem trégua, num contínuo ir e vir. Pareciam sinalizar que assim era para ser. Sempre ouvia esse chamado na madrugada, entre sonhos. Esse som precisava de silêncio.

Meu pai, nessa época, viajava muito a São Paulo, e quando eu acordava no meio da noite, lembrava de rezar para que tudo estivesse bem. Rezar, de alguma maneira, era apenas pensar coisas boas e agradecer. Viajar ficou para sempre com esse gosto noturno e desconhecido, do qual reconheço na memória o eco.

O resto era o mar.

No caminho para escola, pelo calçadão da praia, o jardim impecável. Tão bem cuidado que parecia ser assim natural, de origem. Como se o paraíso fosse um clássico jardim, francês-tropical: gardênias, lantanas, palmeiras-leques, cicas perfumadas, lírios, amarílis, roseiras cor-de-rosa, e uma espécie roxa, que nunca mais eu vi tão bem agrupada, as dracenas, nome que levei anos ainda para aprender. Uma fileira majestosa de chapéus-de-sol, com suas folhas grandes e rubras, ia salpicando o caminho. Eram também conhecidas como amendoeiras, palavra de especial beleza, por suas sementes grandes, duras e ovaladas, que davam vontade de comer. Um jardim aberto e público.

O piso de pedra portuguesa das calçadas propunha desenhos novos. Pisava sempre no preto, sempre no branco, entre as formas de peixes, baleias, golfinhos. Uma enorme estátua de leão, em que dava para subir e que parecia imensa, era a guardiã da orla. O mar esteve sempre ali.

A cidade tinha seu mapa exato: os canais. Cada um dividindo os bairros com seus pequenos conceitos e significados: uns mais comerciais, uns tradicionais, uns modernos, uns muito longe. Numa cidade pequena e plana, o muito longe é compreendido por todos e as fronteiras estão sempre presentes. O único limite real estava na frente de tudo, aquele mar que como todos sabiam ia dali até a África.

Mar incontinente.

O porto apesar de ser no outro extremo, dava ritmo à cidade. Os navios cargueiros, de toda parte do mundo, apareciam com seus contêineres cheios de sabe-se lá que especiarias. Nuns dias dominicais, a orla ficava povoada por marinheiros trajados com seus uniformes brancos, sempre em bandos. Sorridentes e belos.

Mar aberto.

Aprendi a nadar de tanto ir à praia, aos poucos e sempre. Desde então, nadar transformou-se numa meditação. Aos poucos fui percebendo que o segredo era não me afobar, que podia aproveitar aquele imenso silêncio denso de debaixo d'água. Aprendi também a olhar para o mar no presente. Cada momento muda, existem as correntezas que nos desviam do ponto de referência, os buracos no raso e as marés. Quando a onda vem grande, o jeito é mergulhar, colar o corpo na areia cinza e sentir aquele volume cúbico passando por cima, com calma dá para retomar o fôlego. Foi com naturalidade, apesar do medo, que percebi essa maravilha, que agora seria um tesouro particular: o fundo.

Mar selvagem.

O apartamento da minha avó ficava em frente à praia. Seus janelões generosos e um binóculo pesado preencheram horas e horas da minha infância. Se o dia estava chuvoso e mesmo assim tinha gente nadando, com certeza eram da capital. Num tempo cinzento, para entrar naquele mar gelado que dói, só mesmo para quem é desprovido dessa regalia no dia a dia, não eu, que não precisava disso, e podia até me dar ao luxo de esquecer o que não esquecia.

Mar português.

Meu avô tinha sido campeão de canoagem e atravessara várias vezes o canal, onde passavam as balsas. Quando o conheci, ele já mais velho, parecia um sábio japonês desses que impõe sua presença gentil com uma força exata. Foi ele quem me mostrou as novidades. O centro, a bolsa de café, o cheiro do café, as pombas nas janelas dos prédios que tinham argolas nas patas para serem catalogadas. Os bichos-preguiça soltos na praça em frente à rodoviária, os passeios de barco para as outras praias, a escada rolante, o misto quente da loja de departamentos, e também a flexibilidade das regras que permitiam doces e batatinhas fritas, em ordens variadas e deliciosas, antes da seriíssima hora do almoço.

O mar era meu.

Nos fins de semana, o dia era todo de ficar na praia. A toalha vermelha estendida na janela do prédio em frente indicava que estava na hora de voltar. A pele esticada de sol. O sal tão bom no braço que dava para lamber. Dava pena tomar banho.

Mar de calmaria.

Minha mãe com sua presença doce, tranquila, de poucos nãos, só os necessários. Ensinava valores humanos, fraternos, éticos. Delicadezas: dias de gripe pode tomar sorvete, mas devagar.

Tudo passava por ali. A independência, a praça, a bicicleta, muitos primos, os amigos, os namorados e as primeiras e inúmeras vezes.

Mar bravio.

Numa tarde, num lugar onde diversas ocasiões já tinha nadado, apesar da aparente calma do sol escaldante do verão, escondida, a correnteza puxava para o fundo. Tão forte que se eu brigasse, perderia. Fiquei ali temerosa e atenta. Fui resgatada por um banhista que, por sorte, passava por ali.

Algumas vezes o mar não estava mesmo para peixe. Só de olhar dava medo.

Batia no calçadão, invadia a avenida. Deixava na tarde uma auréola ancestral. Sete ondas se formavam na imaginação. Mar que tudo pede de volta. Mar de náufragos. Mar que traz à tona sedimentos abissais. Mar que cobra o preço e quebra a canoa. Mar de ressaca. Força que atrai para trás. Inverte sentidos.

Mar épico.

Mar de sereias de quem ouvi as vozes, muitas vezes me deixando levar sem amarras no mastro, sem saber como ir ou como voltar. Outras vezes nas pedras, na rebentação entoando os cânticos. Odisseias em alto-amar.

Brisa marinha. Céu de gaivotas. Pássaros de arribação. Deitada na areia via os voos geométricos. Urubus solitários deslizando espirais sem mover as asas, nas térmicas ascendentes. Dava vontade de ir junto.

Era tão natural que, quando os anos passaram e fui morar em outra cidade, procurava nem pensar muito no mar para que a saudade me deixasse ir atrás do futuro que agora inventava para mim. Cidade nova, grande, sem linha de horizonte, sem mar, sem mãe, mas encantadora. Era só não pensar no mar. Quando vamos encontrar um grande amor, é melhor nem lembrar muito, para que os dias possam passar cheios de horas e de possibilidades. Para que o tempo não seja feito cartas enfileiradas e, sim, segundos, minutos, dúvidas, passeios, realizações e mistérios. Às vezes é preciso prosseguir sem pensar.

Aos poucos consegui amortecer a falta do oceano. Estudei, parei de estudar, voltei, trabalhei e viajei por lugares em que meu trabalho me levou. Sempre que me senti em casa, estava à beira-mar. Cheiro de maresia, umidade grudada na pele, baixa pressão que tira a pressa. Ralentava os passos enquanto ia voltando a ser eu mesma. Um retorno ondular.

Ainda hoje, caminhar na beira do mar parece com caminhar no mundo. Parece eterno esse caminhar entre conchas, sambaquis e castelos de areia desfeitos.

Carta náutica.

Vieram as minhas filhas e as férias à beira-mar. Dias de praia bem cedo para o sol ser leve na pele, praia bem vazia, parecia só nossa. Escalar as pedras quentes, ásperas, cinzas, marrons, negras, cheias de baratinhas, mariscos e algas. Pés gordos e lisos de criança pequena escolhendo o caminho a cada passo. Atenção constante.

Passava meus segredos devagar. Alguns inevitáveis caldos com o cuidado de não assustar demais, para não perder o gosto, nem de menos para não perder o respeito.

Mar esmeralda.

Com o tempo convivi bem na outra cidade, no planalto. Aprendi inclusive a cultivar meu próprio jardim – exuberante até. No começo chamava terra de areia, mas fui aprendendo com as plantas, outras formas de natureza e de oração. Para uma caiçara fui longe. Cultivo, colho, adubo, faço mudas, alporquias, jardins para outras pessoas, horta, pomar, lago com carpas e flores perfumadas que se alternam com as estações.

Um dia percebi que o mar estava dentro, que podia seguir sua pulsação aonde quer que eu fosse, numa intimidade líquida que a outros olhos podia parecer doidice oceânica.

Vendo que minha alma vagava entre as ondas e o cais, falaram: Que loucura, você não se interessa pela vida real? Jornal, política, sociedade, o lixão que querem fazer no bairro e que todos comentam no mercado? É preciso saber do dia a dia, da confusão das horas, do suor do trabalho, do pão, do pré-sal, da copa. É preciso saber do concreto, da vida moderna, do petróleo etc. e tal. Você pensa que a poesia virá com força sempre, de dentro do tão dentro do mais dentro desse profundo e caudaloso mar, seu mar vermelho, seu maremoto, sua maré interna, seu porto só com portas que dão para janelas e mais janelas do seu céu? Com tanto sentimento gravitacional, como ondas, que vem e vão, uma após outra, atraídas pela densidade do luar?

– Tem dias que só mar adentro, respondi.

Natalia Barros

Nasceu em Santos em 1963.
Mudou para São Paulo aos 19 anos.
Além de escrever, trabalha com música, teatro e paisagismo.

CONTATOS

nataliabarros@uol.com.br
facebook.com/nataliabarroscaligrafias

IMPRESSO NO OUTONO DE 2012